KB138903

나는 다른 행성에 있다

한경숙

시인의 말

관계에서 오는 아름다움이 아픈 세상이

나를 똑바로 바라보지 못하게 합니다

나를 알지 못한 까닭입니다

꺼내면 꺼낼수록 펼치면 펼칠수록

나는 여전히 시가 아프고

나를 알지 못하게 합니다

처음 떠나는 모험처럼

'괜찮다. 아무것도 아니다'라는 말에 위로가 됩니다

함께 살아가고 있는 사람들과

사랑하는 사람들에게 고백합니다

미안합니다 고맙습니다

사랑하고 또 사랑합니다

2023년 1월

한경숙

나는 다른 행성에 있다

차례

2부 얼음을 그리는 마음

4부 흰 눈으로 돌아가고 싶어

해설

1부
슬픔이 벌레처럼 따뜻한 나의 집

단념 丹念

낮달이 동백 혀에 새겨질 때

붉은 멍이 들었으나
상관없을 것이다

弓弓乙乙
弓弓乙乙

농민군들의 시체가
왕의 무덤처럼 쌓여 있다

놋쇠 그릇 꺼내고 닦는 날

혼자 밥을 먹을 때는
임금님 수라상같이 차려 먹어라
엄마 말 생각나 찬장 깊숙이 숨겨 둔
놋쇠 그릇을 꺼냈다

그릇에 비친
엄마와 나의 얼굴이 마주한다
그릇에 내린 엄마 눈물

오늘 난
무수한 벌을
상상하던 것이 분명하다

스테인리스 수세미로 놋쇠 그릇을
힘껏 문질렀다
얼룩이 지워진 놋쇠 그릇 안
내가 갓 지은 하얀 눈이 내리기 시작했고
엄마가 갓 지은 쌀밥에서 김이 피어오른다

모판

퇴근 후 두근거리던 심장과 한숨들
다시 일어나고 싶다고 소리치던
어떤 날의 숫자들 세어 가며 잠이 든다

쌀 몇 가마 못 지고
논둑 쪽으로 이앙기 허리가 휘청한다
중심을 잡는가 싶더니
여섯 줄 가지런히 논흙의 살점 더듬는다
모판 아래로 하얗게
뻗어 나온 뿌리의 기억
거세당한 모는
꼿꼿하게 논바닥을 버티고 있다

산 하나를 담고도 좁지 않은
논물 위로 해거름 마을 길이 놓여 있다
산그늘이 바닥에 쌓이고 있다
온갖 들풀들 속에서
벌레들의 웃음이 저녁의 불빛처럼 튀어나온다

그 소리 위로 모는 쑥쑥 뻗쳐오른다
논에 모두 물을 내주고 바닥난 저수지
수위, 다시 방방해지면
한 포기 꿈이 두 홉 쌀로
당신의 아버지가 촘촘했다

아이의 아버지가 촘촘하다

부산떡 김오례 여사께

시골에선 각시인디

소싯적 한가락 하셨을 미모와 쿨한 성격도
물렁물렁 야위어 가불고

요라고
저라고 한
사연으로다가

정가네로 시집와
악착같이 밭매고, 논일로
하루하루 버티믄서

허리 구부러지게
일만 하고 사신 울 엄니

아리랑 아라리요

뭐가 그리 화나요
뭐가 그리 아프요
뭐가 그리 슬프요
뭐가 그리 겁나요

아리랑 아리랑 아라리요

엄니 일생, 한나절 말혀도
난 모른당께요
어찌 안다요

바람의 울음

사나운 동풍이 몰려온다더니
정원의 흑향동백이 말라 버렸다

　팽팽한 빨랫줄에 나풀거리던 옷들은 공중의 화석이
되었고 수돗물도 울다가 얼어 버렸다 물의 혈관 삐쩍 마
른 쇳덩어리는 외다리 하나로 눈을 맞으며 모락모락 피
어나는 뜨거운 물을 수도꼭지에 붓고 꽁꽁 얼어 있는 쇳
덩이를 녹여 주는 사람들 온몸으로 찬바람을 맞는 에메
랄드 골드와 그린은 체념하듯 눈을 감았다 집 안의 벽
지 구석구석이 얼어붙었다 가지고 힘 있는 자들은 거만
스럽게 난로에 석유를 콸콸콸 부었다 쾌쾌하고 독한 알
코올 그슬림 따라 아비의 청자 담배도 타들어 갔다 겨
울마녀와 눈을 마주치면 그대로 혼을 빼앗겨 창밖으로
끌려갈 거야 전설을 믿으며 모두가 두터운 옷을 입고 아
랫목으로 들어갔다 스르르 눈이 감길 때 즈음이면 창
문 너머로 쨍그랑 쨍그랑 꽃상여가 나가고 바람의 울음
소리가 들렸다

장미가 기어오르기 시작했다

공중에 세 들어 살았을 때부터
허름한 담장 너머로 넝쿨째 기어오르다가
오월, 어느 끝자락에 피어오른 장미를 본다

낡은 아파트 담벼락은 어느새
꽃밭이 되었는데
몽글몽글 피어난 꽃송이 보며
아름답다고 말하지 않더라

시인의 꿈을 안고 살았던 당신이
꽃을 품에 안고
향기라도 맡아 보면 좋으련만
오늘도 서류 가방 들고 푸른 논으로 간다

당신에게 들려주고 싶은데
언제쯤 꽃의 아름다운 자태를 전할 수 있을까?
언제쯤 예쁘게 자라고 있는 장미를 볼 수 있을까?

어쩌면 말이야
당신은
장미의 숨겨진 가시가
아프다는 걸 이미 알고 있을지 몰라

오늘도 걸어간다
그가 걸어간다, 장미 넝쿨이 기어가듯
술에 취해 비틀거리며 걸어간다
장미가 자기 몸에 기어오르는지도 모르고

정전기

작고 사소한 물건들이 사라지기 시작했다
이 공간에 다른 시간이 숨어 있는 것이다
그 지느러미들이 움직이기 시작했다

바람의 냄새가 다른 계절을 불러들인다
지난봄과 여름이 존재하지 않았던 것처럼
이 바람조차 짧게 지느러미에
머물다 지나갈 것이다
바람의 예감은 바람 너머로

아무리 사소한 것이라도
해명할 수 없는 순간이 있다
사소하고 습관적인 슬픔
제 지느러미를 핥은 바람처럼

순하고 상처받은 사람은 울면서 새가 되고
이곳엔 별일이 없는데도
취해 우는 자가 많은 도시

누군가의 울음이나 분노는 타인에게
고스란히 전해질 수 있을까?

현기증만으로
여인들이 다 헤어졌고
목 없는 자들은 구호를 외치지 못하고
폭우에 농지를 잃은 농부의 눈동자가 사라진다
사물들이 순식간에 낡아 버렸고
바람과 비와 진눈깨비 사이
나는 어딘가를 열심히 문지르고 있다

보푸라기 머리카락 먼지 먼지들
순하고 무심한 것들 구호도 없이
소리도 없이 존재하지 않는 것처럼
존재하던 것들
서로가 서로를 끌어당겨
겨우겨우 엉겨 붙는다
정전기처럼

실업급여 수급자 인정일

이월은

　빨간 립스틱을 입술에 발랐고, 빳빳하게 다린 정장을 걸쳐 하얀 셔츠의 깃을 세웠고, 높은 구두는 나를 우러러보게 걸어갔다 고용복지센터 10층에서 실업 인정일을 두 눈으로 확인한 후, 웅성거리는 소리와 철저하게 사회적 거리 두기를 하기로 했다 대기표 639번을 뽑아 6번 창구에서 구직활동 면접확인서를 집어 들고 나왔다 비구름처럼 우르르 몰려온 사람들의 몸이 엘리베이터 안으로 빨려 들어갔다 등을 미는 사람들의 어깨가 부딪히면서 화려한 사치들이 와르르 무너져 내렸다 밖으로 나와 보니 노점 상인의 손짓들이 나의 이력보다 높았고 빠르게 움직였다

　광주천 따라 꽝꽝 얼어 버린 바닥에 펼쳐 있는 당뇨 혈압 잡는 여주, 제주도 새싹보리, 노니, 브라질너트, 볶은 우엉, 대추차, 돼지감자와 신발 깔창, 무좀, 아토피 피부병, 탈모증, 치질, 곰팡이병에 좋다는 참나무 숯 목초

22

액을 똑똑하게 설명하고 있는 노인의 갈라진 입술이 위대했다

 '국산 양말 한 움큼에 2000원'짜리 다섯 무더기 재빠르게 집어 들고서야 손바닥만 한 취업희망카드가 건넨 말을 해독할 수 있었다 신념이 있는 한 반드시 기회는 온다고……

 이월은

평택에서 온 음성
—2021년 9월 13일 저녁 7시

군에 입대한 지 석 달 만이다
작은아이에게서 전화가 왔다

엄마,
여긴 깊은 산이라 그런가?

노을이 참 예뻐요

아이가 태어나 스무 해를
건너가는 시간

아이에게서 외로움과 그리움이
시작되었나 보다

침대를 보내던 날

덩치 큰 침대를 보내고서야
하얀 돌에 희미하게
검은 두 줄의 선이 그어졌다는 것을 알았다

큰아이 입학하던 그해부터
웃고 울었던 눈물 자국들

작은아이, 유치원 보낸 어떤 날
아이가 사라졌다는 전화 한 통 받고
미친년처럼 날뛰고 찾아 헤매다가
넋 잃고 기절했던
작은 내 몸의 흔적들

사춘기 아이보다
내가 더 슬프다고
소리치던 아우성들도 제각기 짐을 꾸린다

악몽을 꾸었는지 오들오들 떨던

아이의 울음들
너의 울음들
우리들의 울음들

나의 얼굴과 까만 젖을 만지며
엄마 사랑해요 아빠 사랑해요, 라고 속삭이며
잠이 들곤 했던 아이의 귓속말들
나의 귓속말
너의 귓속말
우리들의 귓속말들도
맑게 흐르는 이별처럼*

침대는 우리들의 귓속말과 함께 떠나고

* 문태준의 시 「낮달」에서 인용

벌레

해가 뜨지 않는 날이다
내 가문은 현기증을 물려받았다
높은 구두 속에 살고
이런 날엔 무릎이 시리다
나는 물이 차서 더 이상 튀어 오르지 못한다
햇볕을 긁어 먹는 아침

검은 안개가 떠도는 내 안에도
빌어먹을 벌레들이 모여 산다
지들끼리 몰려다니며
서로 얼굴을 비비며 체온을 조절하고
자꾸 부풀어 오른다
나는 내 안에 살고 있는
가장 따뜻한 벌레를 알고 있다
한 번도 본 적 없는 슬픔처럼
몸을 구부리고 있다
슬픔이 벌레처럼 따뜻한
나의 집엔

허리가 가는 벌레들이
다정하게 몸을 구부리고 자고 있다
입을 벌린 채

가계도

하얀 백지 위에 동그라미, 네모뿐이다
수평의 직선과 수직으로 이어진 곡선
악어 이빨 형태에 선을 긋는다

동그라미는 여자이고 네모는 남자다
동그라미와 네모는 마주 보지 않고
옆으로 나란히 간격을 두고 있다
관계를 증명하는 건
오직 수평과 수직, 사이에 짧게 토막 난 선
악어 이빨 같은 선뿐이다

자세히 들여다보니
여자와 남자 사이 두 줄의 선이
끊겼다가 이어졌다
끊어지려 하면 아래로 뻗은
또 다른 동그라미와 네모
간격 사이에 곡선과 직선을 다시 그었다
선의 파동들이 수피교도의 관습처럼

빙글빙글 돌아 춤을 추다가
명상에 잠길 때면 하늘을 보게 한다

동그라미 위로 뻗은
또 다른 동그라미 네모의
또 다른 동그라미와 네모의 선들이
갈기갈기 찢겨 있다

곡선과 악어 이빨이
여자와 남자를 팽팽하게
잡아당긴 이유는
아마도
아래로 뻗는 동그라미 네모와
사라진 세모로부터
가느다랗게 그려진 선 때문일 것이다
악어는 그 선을 조금씩 씹어 먹기 시작한다

달의 뒷면 1
―손톱 위에 새떼가 떠 있다

손톱은 몸에 붙어 있는 화석 같다
자신의 눈을 떠돌며 태어나는 새들처럼
도시의 네온,
콘크리트 원시림 속으로 새떼가 날아오는 밤

까만 손톱 밑에도 새떼가 가득 들어 있다
나는 그들을 붙잡지 않았다
쑥잎 같은 안개가 자욱한 밤
우거진 슬픔과 사라지는 안개
공기는 손길이 닿지 않는 바다로 간다

골짜기처럼 좁아진 바다 위를 새떼는
등대가 되어 떠다닌다
나는 손톱을 바닷물에 담가 보았다
바다에서 죽음도 다시 태어난다
물 잠긴 손톱 위에 새떼가 떠오른다
달을 찾아 입을 벌리고 날아오른다

2부
얼음을 그리는 마음

그 사람 얼굴에 달이 스민다

달이 얼굴을 걸어가고 있다

손톱처럼 작아진 빛
얼굴은
흐르는 강물처럼
말없이 하늘을 건너간다
그 밝은 기억 너머로 달이 진다
흘러내린 하늘
너에게 흘러내린 내 얼굴
산 그림자에 걸려도
얼굴에 걸린 바위는 꿈쩍도 하지 않는다
큰 벼락이 내리쳐도
갈라지거나 밀리지도 않는다
새들이 처음 달에 내려앉을 때
얼굴은 또 어딘가를 흘러간다

나는 다른 행성에 있다

어린 왕자는
하루 종일 비가 내리면 그곳으로 갔다
하얀 바람을 만나
해가 지는 강을 좋아했고
금성이 머물러 있는 저녁에 걸터앉아
잔잔한 강물 속에서
헤엄치는 달빛에 머물렀다

부드럽고 말랑말랑한
하얀 바람을 만나
흔들리는 풀잎에게
닿을 수 없는 먼 곳에 있으면서도
늘 안부를 묻고 이별을 이야기했다

안개 가득한 산 아래 강을
아직 건너지 않았고
사시사철 불어온 하얀 바람을
나는 한 번도 궁금해하지 않았다

곧, 비 냄새가 흩어졌다
꽃잎에 매달린 봄이 그치고
짙은 녹음으로 가려질 아득한 계절에
금성이 머물러 있는
저녁에 걸터앉으면
알 수 없는 언어로
너는 나에게 건너온다
나의 안부는 다른 행성에 있다

그림자

삶 속에 계속해서 던져진 것
눈에 띄는 것이 싫어서
숨어 있거나 일상에 바짝 붙어

빛이 통과하지 못한
어떤 밤이 되고서야 겨우 꺼내어 본다

서로의 안부를 묻고
오늘도 그냥, 함께 걸었다

구겨진 신문지로 간신히 너의 얼룩을 지울 때
뿌옇게 보이다가
저기, 저 세상이 선명히 드러나 보이거나
서로 등 대고 희미하게 세상에 남겨질 때
서로의 내면으로 숨어 버리고

덩그러니 앉아
서로를 찾는다

얼음산

뜨거운 여름날까지
조지아의 트빌리시에서
이방인 화가의 일기가 매일 배달되었다

나는 무턱대고
그곳에도 하얀 얼음산 있어요? 하고
물었다

하얀 얼음산?
아하, 팥빙수!

하얀 얼음산은
사랑하고 헤어지고 그립고 쓸쓸한 풍경들이 쌓여
금방 사르르 녹아 없어질 거라고 했다

아아 투명한 유리컵에 쌓이는 저 빙하!

낯선 서편, 입안에 얼음산을 머금는다

하얀 얼음산을 그리는 화가의 눈을 상상해 본다
녹아 사라질 때까지
얼음을 그려 넣는 마음을

두려움은 늘 혼자일 때만

차가 멈춰 버렸다
달리는 자동차 소리가
희미한 기억처럼 의식으로 끼어들었다가 사라졌다
어둠 속에 정지된 공기처럼

무서리가 마당을 하얗게 덮어 버리던 그 밤
끈질기게 명줄을 붙잡고 있던
어머니 얼굴이 보인다

백랍白蠟처럼 하얗게 덮어 버린 겨울날
그가 걸어오기 전까지
동그란 흰 얼굴을 지운 채

나는 달려가 어머니를 끌어안았다

이게 이별일까?

오늘 본 영화는 슬프지만
사람에게서
슬픔이 오지 않았다

소문들

둘이 있을 땐 혼자라고 한다

혼자였을 땐 둘이었는데

여러 명이 둘러 모여

눈사람 하나를 만들고 있다

태어난 날 꾸었던 꿈

눈물이 고였다
바람벽에 등을 기댄 채
얼굴을 무릎에 묻고
날이 밝기를 기다리며
한시도 멈추지 않고
아버지의
하얀 죽음을 보며 울었다

내가 갓 태어난 날
꾸었던 꿈

거짓말
—모래사람을 본 적이 있다

모래바람이 불어왔어 거짓말처럼 쌓이고 쌓였어 수평선 따라 집을 지었지 눈이 부시게 반짝거리는 사람이 그리웠나 봐 성큼성큼 다가왔어 모래사람의 약속은 노을빛처럼 흩어지고 웃음도 주고 안아 주었어 후~~ 불면 사라지고 없어질 모래, 난 무엇을 내어 줄 수 있을까? 그냥 바라만 보았어 감정도 눈물도 없는 사람에게서 가슴이 뛰면 어쩌나 두려웠어 사라지면 어쩌나 바람 불면 어쩌나 생각한 사이 파도가 밀려와 모래성도, 모래사람도 가져가 버렸어 해가 지고 날이 밝아 오는 날까지 명치끝이 아팠다 꺼이꺼이 울었어 난 모래사람을 본 적이 없어

호랑가시나무 언덕 위에 서 있을 때

사라진 것들을 사랑하면서
세상의 끝에서 피어오르는 따뜻한 물

죽은 이를 버리거나
차디찬 잃어버린 유년 시절을 헤매며
백발 노모의 기도 소리를 찾고 다녔다

양림동 호랑가시나무 언덕길 올라
푸른잎 한 장 펼쳐 보니
늙은 선교사가 쓰던 하얀 종이 위에도
백 년 된 나무 하나가 자라고

결국, 살아 있는 동안
무엇이 남아 있는가
묻고 또 물어야 하는 일만 반복하고 있는데

동그란 원형 안에서
슬픔을 찾기 시작했고

그 둘레를 갖고 나는 눈을 감는다
숨소리가 나직하게 들려오면
달항아리를 보면서
약하다는 것이 강하다는 것을 본다

호랑가시나무 늦은 햇볕 아래
정교한 결을 따라 걸었다
꿈틀거리는 저편 끝에서 푸른 바람을 일으키는 강
잠기는 거대한 소리의 떨림
누구도 기억하지 않는 어둠을 마시고 있는 하늘

암소 한 마리 호랑가시나무 이파리 슬픔을 씹으며
해거름판에 걸어간다

구름

너를 보면 평화롭다
말과 움직임에 따라 사이에 공간과 시간이
발생하는 곳으로 걸어가 보니
너의 몸은
흐르는 대로 사는 것 같아

강물 위에 두둥실 떠 있는 채로
허우적대거나 노를 젓지 않아도 되는 너

둥실둥실 두둥실
강물 위에 가만히 떠 있어
바람이 후 불어오니
어느 날 너는 동그란 물방울이 되었어

오해하지 마……

오랜만에 즐거운 사람을 만났다

너의 고향은?

가족은?

가족들과 사이는?

뭐가 가장 무서워?

제일 싫은 게 있어?

누구와 제일 친해?

넌 어떤 아이였니?

너의 궁금함은

나를 당황하게 만들어

대답하지 않는 이유는

딱, 하나

나도 모르게 너에게 의지할까 봐 그런 거야

오해하지 마

난 무서운 비밀이 있는 아이가 아니야

살아가는 동안 혼자 묵묵히 견뎌내는 시간들이

일상이고 독립하는 길이니

나는 그냥 흘러가고 걸어가고 있는 것뿐이야
쌓고 또 쌓아 올린 내성이
약한 나를 강하게 만든 거야

오해하지 마
난 감추는 사람이 아니야
매일 눈을 뜨고 너를 내려다봐

3부

캄캄해서 너무 맑다

가을 목어

등껍질에 새겨진 꿈들
정갈하게 토막 낸 장작

조용히 왔다 간 사람의 등
건네는 말을 알아듣는 목어

소리가 익어 간다
소리를 잃어 간다

무지개에 뼈를 묻는 목어로

노래하는 사람

모태로 돌아간 하얀 꽃술이 피어난다
탱탱하고 세련되고
강하게 여리게
가늘고 아리게
뒤틀린 언어로 춤을 춘다

검은 개들 영혼의 심장을
꼬리에 달고
어두운 밤하늘 푸른빛을 뚫고 올라간다
휘휘 오르라
휘리릭 오르리라
훌훌 올라간다

움켜쥔 여린 손
슬며시
탯줄을 끊어 삼켰다

하늘 가르는 꼬리 끝을 따라

자궁의 속 것을 끌어내어 바람을 만지고
비릿한 뼛조각들을 가을볕에 말린다
휘휘 오르라
휘리릭 오르리라
홀홀 올라간다

뒤를 돌아보니
꽃술의 심장 소리가 바스락거린다

부용동 정원에서

물 위에 떠 있는 연꽃으로 왔다
꽃심이 꼿꼿해지도록 날 세운 화염
카인의 후손들 상처 위를 걷는다
뿌리 깊은 저주가
깊게 묻혀 있다

비릿한 냄새로 덮인 무덤 아래
화렴의 모습이 드러난다
타는 불에서 일어나는 빛의 기운은
무악의 반주 따라 높게 치솟는다
부용동* 당골네
투명한 잠자리옷 속에 비친 가녀린 하얀 팔 뻗어
달빛에 춤을 춘다
당신은 배를 타고 선유를 즐긴다
살랑살랑 춤추는 여인
물 안에서 덩실덩실 출렁인다
쫘르르 자갈 구르는 소리
강이 바다를 밀어낸다

밤 마당에 서 있는 늙은 광대
신들과 대면이 길다

* 전라남도 완도군 보길면 부황리에 있는 조선시대 유적

춤추는 가얏고

질퍽거리다
징줄이 끊겼다
동줄을 눌러 징을 울린다
눈을 감고
슬픔과 환희를 입에 넣었다

청항둥당
동징땅지찡찡쫑쨍

줄을 타고 오르고 내린 선율
생의 온갖 풍상을 겪고
담담한 마음 노래하듯
해탈의 자유로움을 읊는다
애절하고 맑은 그리운 소리답게
소리가 무수하다

다음은
우리들의 블루스 타임이다

와온에서

달과 태양이 지구를 잡아당긴다
바닷물이 끌려갔다 되돌아오는 곳

숨 가삐 달려온 시간이 멈추는 시간
사람들은 누워 있던 암소의 품으로 들어온다
산허리에 해가 멈추고
구름이 가랑이 사이로 해를 밀어 넣을 때*
검은 흙 속까지 황금색으로 물들이기 시작했다
나는 누가 당기고 있을까

잿빛으로 물들여진 뻘과
하늘은 두터운 구름까지 삼켜 버리고
검은 뻘흙에 올라앉아 있는 작은 배들의 소원은
달까지 스미는 거

해가 떨어질 것 같은 위치에서
구름이 먼저 내 어깨 위에 살며시 내려앉았다
떨어진 해를 훔치지 못하고

나는 길 잃은 물고기처럼 떠올랐다

바람이 바닷물을 밀고 가는 자리에
와온의 하늘은 캄캄해서 너무 맑다

*나희덕의 시 「와온」에서 인용

세방낙조

하늘에 새겨진 해가 바다로 간다
유독 더디게 가는 봄처럼
중력마저 놓치지 않던 붉은 동백의 몸통같이
쓸쓸한 소리 내며 넘어간다
눈썹 위에 날아오른 새들의 몸짓도
분주히 아침을 열었던 사람들의 일상도
시원한 바람에 적시던 빨랫비누 냄새도
만나면 반갑다고 살랑거리는 암컷과 수컷의 사랑도
으르렁거리는 벚꽃들의 다이빙 소리도
광주에서, 용산에서, 서해 천안함에서
쌍용에서, 맹골수도에서
인민이 죽어 갈 때나
죽은 뒤에 나타나지 않는 소리들도
일상이란 프레임 속에서 빠져나왔다
천천히 깊고 따뜻하게
조용한 단어들의 기침 속으로 하루가 사라진다

산벚꽃

등 굽은 노인
무덤가에 앉아 잔디 매만지고 있다
흙 속에서는 벌레들이 기어 나온다
가끔 새소리가
산자락을 타고 내려온다
무덤을 오르는 길은
그 사이 짙게 올라온 새순에 이미 가렸다
돌아갈 길은
가야 할 걸음에 비해 턱없이 먼데
노인은 하루해가 산을 넘도록
돌아갈 생각 미처 하지 못한다
무덤 주변으로 어둠이 내려도
산은 여전히 온갖 소리들로 요란하다
거기 무덤 옆 산벚꽃 핀다
봄날 무덤 하나 환하다
낡아 가는 것들에도 아름다움이 깃들고
식물은 결국엔 짐승을 이긴다
산벚꽃에서 짜낸 빨간 눈물을 마셨을 때

찻잔에 새소리가 쌓인다

설도雪島

산 그림자가
바다 위에 누워
잠들었을 때
버스에 몸을 실었다

칠산대교를 건너
희미한 기억 속에 닿아
쩌–억 쩍 갈라진
비릿한 바람

태양이
독한 마음으로
너의 전부를
통과할 때 즈음
그 바람으로 몸을 씻고
뜨거운 그리움을 맞이했다

눈꽃 내음 일렁이던

그해 겨울

설도雪島

하얗게 언 하늘이 발등에 내려왔다

가을 소나기

대촌길 걷던 날
따가운 햇볕에 눈이 부셔
막아 줄 나무 그늘, 집 한 채 없었다

비라도 내리면 좋겠다고
발바닥에 못이 박힌 사냥개처럼 소리 질렀다

고통은 얼마나 푸른 압력을 가지는가
잎들은 다 타들어 가는 계절 위로
만나지 못한 모래바람을 악다구니로 소환하고

비가 지나던 행상처럼 쏟아졌다

소나기가 잠시 쉬어 갈 때
웅덩이 속에 발을 담그고 잠시
발바닥이 발등을 업고 다녀야 한다는 생각

햇볕 속에서 하루 종일 나를 업고 다니던 엄마처럼

와운臥雲 마을 천년송

하늘이 지치면
비가 온다더니

지치면
함께 있자고 약속했는데

천 년 동안
구름 위에 누운 채

내 지친 영혼이
울며 울며

세상 사람 사이를
떠돌고 왔다

두 개의 심장 168번 느티나무

담양 담빛 창고 옆 나뭇길을 걷는다

오랜 어둠을 지나온
목숨들의 울음소리가 잠들어 있다
암탉의 울음소리를 왈칵 껴안는
가을 장마도 사라졌다

태풍이 지나간 뒤, 뼈를 버린 잎들이
강 쪽으로 몸을 기울였다
바람은 흐르는 강물을 밀어내고 있다

흘러들어 온 풀벌레 소리들은
어떤 종류의 광기를 닮았다
멈추지 않는 욕망을 달고
내가 모르는 곳에서 날개를 펴는
자라난 사랑이겠거니 하고
조용히 고개 돌려
주변을 둘러본다

늙어 간 나무 살점에 박제된 딱딱한 등껍질!
몸통에 가만히 귀를 대니
매미의 숨결이 파닥거린다
첫눈 내리는 바람 소리가 사각거린다

168번 나무의 비밀스러운 뿌리가
백진강을 머금고
길게 뻗어 자라고 있다

윙컷

늘 경고하는 자다 동시에 경고받는 자다 어쩌면 저
자신에게 끊임없이 충고하는 사람일지도 모른다 가끔
은 충고를 외면한다

싹둑 잘려 나갔다 자발적인 망각, 익숙한 무력감 따
위 공허하기 때문에 삶을 바꾼다 사람에게 더 큰 공허
가 기다리고 있을 것이라고 경고하는 사람, 그 경고는 아
마 정확하겠지만, 그렇기 때문에 지금의 공허 안에 머무
는 것이 유일한 삶의 가능성일 수는 없다 겨울의 눈들
은 내 사소한 단념의 순간들에 비례한다 겨울이 지나면
마치 다른 단념의 시간이 올 것처럼

가녀린 날갯짓으로 제 몸 들어 올린 기류, 좁쌀처럼
뿌려진 세상을 주워 먹고, 끈적한 냄새들을 꺼내 놓았
다 아득한 시간 회상 속으로 펼쳐진 솜털처럼 가벼운 파
편들 휘청거리는 사내는 쓰레기통을 뒤져 질긴 밥알을
주워 먹는다

또 하나의 사랑이 불현듯 찾아와 겹치고 또 끊임없이 사랑이 시작되고 다시 사랑하고 돌고 도는 시간도 내 몸에 둥글게 말려 있다 날개 밖으로 도망치지 못하도록 날개깃을 잘라서 길들인 순간이다

백 년을 읽는 동안

양림동, 늙어 간 골목 지붕 위의 그 꽃
벌이 꽃가루를 물어다
이곳에 뿌렸나 보다
밀랍을 남기고
마당엔 온통
눈꽃으로 가득하다

껍질을 깨고 나온
하얀 달그림자
내가 버린 꽃은
어디에 있을까

내가 모르는 향기 찾아
찻잔 속에 비친
백 년을 읽는 동안
바람이 깊이
감추어 두었나 보다

기와지붕
용마루 끝에 세운 망와에서
발그스레 웃고 있는
꽃 한 송이를 본다

봄밤, 입 속 가득
백 년 전 꽃가루가 환하다

4부
흰 눈으로 돌아가고 싶어

괜찮다는 말

내 편이 되어 준 사람
당신이라는 선물 참 고맙습니다

붉은 노을 등에 업고 오면
이따금 길을 잃게 용기를 주지만
이제 두렵지 않아요
들숨과 날숨의 외로움으로 살았으니
까맣게 타들어 가는 가을밤처럼
지독하게 쓸쓸하고 고요해질게요

당신은 세상에서 가장 작아진
내 어깨를 감싸며 말해요
직선으로 뻗은 얼굴 위에
곡선을 새기며 말해요

괜찮다, 아무것도 아니다
괜찮다, 아무것도 아니다

더 까맣게 타들어 가는 황룡강 위에 뜬 밤처럼

그 사람의 모든 빛

오래, 들여다보고 싶다

아침

무척이나 내 몸이
길어졌다

커튼은 벽 기합에 눌려 무겁다
주름진 시간
사이로 들어온 바람과 소리의 빛

수면 위로 떠오른 물고기 한 마리
몸을 부풀리다
살얼음 뚫고 물 위를 걷는다
빛나는 지느러미 살랑살랑 흔들어 본다

밖에 소리가 적멸하다
커튼을 끌어당겼다
쑥 내밀어 온 노란빛의 지느러미
내 손등을 스쳤다

문득 쳐다본 밤하늘에 찾아온 메시지

산이 해 넘길 무렵
우르르 몰려나온 사람들
해를 넘기는 일들이 왜 아름다울까?
시가 많은 지혜와 보살핌을 줄 거예요

산이 해 넘길 무렵
우르르 몰려나온 사람들
바람이 춤을 추니 나무도 춤을 춘다
사철 내내 푸른빛을 지니고 있는
상록수처럼 새로운 곳에서
귀한 인연들과 맘껏 푸르게

나의 손톱은 어디로 갔을까?
나의 요리는 누가 먹지?

시가 많은 지혜와 보살핌을 줄 거예요
언니를 구원하는 아름다운 글
천상의 꽃구름으로 심장에 심은 꽃으로

말이 말굽이 될 때까지

그 말은 바람을 가르며 달린다
말은 코끝과 귓등을
뺨과 목덜미와 옆구리와 엉덩이를 스친다
세상의 모든 호흡이 빨라질수록
귀에서 나오는 음악처럼 말은
단단한 말굽에 묻혀 버린다
어느 날 말굽에서 피가 흘렀다
히잉 히히힝 히히이히잉
말은 발을 구른다
타다닥 타닥, 타타타닥
토도독톡톡톡 톡 톡 타다다다다닥
나의 우주는 어떤 말발굽을 닮았는가
나는 내 숨에 섞여 살다가
더 빠르게 들판을 달릴 것이다
모든 손가락이 말발굽이 될 때까지
나는 쓸 것이다

까마귀들이 날아오르는 시간

겨울 되면 까마귀가 많이 온다고 했다
날이 좋으니 불안하다
번개가 칠까 무섭다

가끔 필름이 끊기기도 한
오래된 영사기가 돌아가면서
고독해진 주름은
점점 더 선명해졌으나
유독 누렇게 탈색되어 너덜너덜해진
사진 한 장에 시선이 머문다

등을 지고 울음을 토해내고서야
끊어진 필름 한 줄을
겨우 붙이고 있다

바람꽃이 왜 나무를 포기하려 했는지
이곳을 떠나려 했는지
이곳을 떠나 어디로 가려고 하는지

눈 내린 들판, 석양이 내리는 하늘
배고픈 까마귀들이 날아오른다

나무는 증발한다

침묵 속에는 소리들이 숨어 산다
절은 침묵을 베고 누워 자고
소리들은 숨을 죽이고 그 밑으로 기어들어 간다
바스락바스락 애벌레처럼 꿈틀대며
황토 바닥에서 천장을 기어오르는 나무가 있다
소리는 다시 넘겨지는 책장 속에
잠시 몸을 숨겼다가
사람의 머리카락 위로 건너뛰기도 한다
순간
펼쳐진 책 위
자음과 모음이 서로의 살을 섞는다
당신이 아끼던 나무들이 뜨거워졌다
장마가 시작되고
읽었던 책들의 잠언이
비로 내리는 동안 입안엔 월식이 생겼다
책들이 단단한 껍질을 뚫고
푸른 싹을 밀어 올렸다
책장을 벗고 나온 가지는

꽃을 피우고, 방은 이파리 많은 숲이 된다
숲을 이루던 나무는 책이 되고
책은 다시 숲까지 기어간다
삶은 숲까지 기어가서 나뭇잎을 뒤집는 일이다
제 살에 오랫동안 묵은 소리를 엿듣고 있는
축축한 벌레들
나무는 증발하기 위해 서 있는 것인가
인력을 끊고 무수한 냄새들이 날아간다

뿌려지다

퇴직을 며칠 앞둔 선배가 스물, 서른, 마흔, 쉰
환갑이 되어 찍었던 증명사진들을 들고 나왔다

아무 쓰잘데기없어, 뭐더게 이런 거 모아 쌓았는
지 모르겄어, 이제 버려야 쓰겄네

그녀의 일생이 낡은 책상 위에 우수수
뿌려졌다 신이 입혀 준 얼굴이
파노라마처럼 물결쳤다 다시 한 번 지나가는
그때 계절의 풍경들과
잊힌 미완의 얼굴들 불러와
저기 저 제 온몸 활활 태우는 하얀 밥처럼

후두두두

바람이 분다, 살아야겠다, 사라져라

산란을 위해 돌아올 날을
강 중심에서 언저리까지
표시하며 떠났던 연어들이 줄지어
남겼던 치어 적 비린내를 맡아 가며
압록천,
유년의 강으로 돌아온다

민물을 아가미 가득 끌어안아 바다 냄새 지운다
강물과 바다가 만나는 곳, 그 밑바닥엔
마른 사막이 있다
누구를 사랑하고 돌아온
뿌옇게 눈이 부패한 연어가 있다

돌아온 연어들이 알을 낳듯이
국회의사당역으로 들어온 지하철은
저녁 어스름 속으로
다 커 버린 사람을 부화해 놓는다
한숨을 폐부 깊숙이 들이마시면서

따스한 바람이 내통하는 지하도에 몸이 익어 간다
익명을 분주하게 더듬는 사슴의 눈들이여
구겨진 세포들로
소문만 무성한 신문을 뒤적거리지 말라
일식처럼
서울의 낮이 어두워질 때 곧
우리는 다시 우리의 삶에 불을 지피고
바다에서 돌아온 연어의 눈을 식탁에 앉아 바라보며
베개를 안고 먼바다로 가는 꿈을 꿀 것이다
바람이 분다, 살아야겠다, 사라져라

아무짝에도 쓸모없는 사랑 이야기를 읽고 싶어

똑똑똑
당신의 책방에 노크하고 있어
무슨 소린지 알 수 없는 지문은
성큼성큼 뛰어 넘기고
저녁 어스름이 내릴 무렵
평상에 누워 당신의 소설을 읽는다

바람에 몸을 맡겨 돛을 달고
무수한 계절을 맞이했다
반쯤 찬 달에 바람이 머물고
흰 달이 노랗게 어두워지던 순간
눈이 내려 똑똑

소리도 없이 미끄러져 가고 있는
흰빛에 섬광을 가득 받아먹는 바람
당신을 기다리며 누군가 읽다 만 책을 읽는다
행간이 너무 넓은 우리
저녁이 되면

무슨 소린지 알 수 없는 지문은
성큼성큼 뛰어 넘기고
그의 책방은 닫혀 있고
겨울밤, 베개에 엎드려
아무짝에도 쓸모없는 사랑 이야기를 읽고 싶어
내가 처음으로 왔던
흰 눈으로 돌아가고 싶어

독방에서 독방으로

배꼽 안에 용광로가 끓더니 살 밖으로 흘러내렸다 숨어 있던 공룡들의 울음소리도 그르렁 그르렁 새어 나온다 세균의 발굽 소리가 점점 크게 들렸다 우리가 사는 세상을 좋은 곳으로 이끄는 사람들의 노력보다 힘들어한 너의 귀처럼 왼쪽 귀에서도 바퀴가 지구만큼 돌고 돌고 몸속에서 무슨 일이 일어났는지 알 수가 없다 딱따구리가 머리를 쪼아대고 혈관 뚫고 나온 발굽 소리들이 내 등을 밀어내면 새끼손가락 꽉 깨물고 버티는 일까지 말라 가는 까만 입술과 입술 사이에 빨강 캡슐을 목구멍에 넘기는 일까지 나는 위대하였노라 다시 일어나 밥을 먹었는지 먹지 않았는지 알 수 없고 낮인지 밤인지 사소한 감정에 무뎌 중얼거리다가 우리가 독방에서 독방으로 배달되기까지

오랜 침묵

외계인을 몇
숨겨 주었다

누군가 버린 그림자를
몇 개 주워 왔다
새 모이를 그림자에게 주었다

불면은
사람 하나 가슴에 묻는 일
내 몸을 오래 서성이는 일

주워 온 그림자 중
늙고 병든 당신의 그림자가
등껍질에 붙었다

불면은
밤 사이사이
내 몸을 오래 서성이는 일

분만하는 여자의 끈적한 습기
세상의 모든 비명이 한꺼번에 들려와
돌아누워

밤새도록 몸에 핀 국화꽃을 따고 있다

친구에게

너를 찾아
파도치는 곳으로 왔다

파르르
내게 밀려와 밀려온다

우리는 생각한다
고로 밀려온다*

비가 오고
비가 올 것이고
비가 그치고
비가 그칠 것이다

너와 나
흙 속에 몰래 묻어 놓은 글자도
사라지고
사라질 것이다

* 데카르트 '나는 생각한다 고로 존재한다'에서 차용

해설

말[言]의 발굽

김형중(문학평론가)

1

한경숙의 첫 시집 『나는 다른 행성에 있다』 맨 앞에
실린 「단념」은 아름다운 시여서, 여기 전문을 인용해
본다.

> 낮달이 동백 혀에 새겨질 때
>
> 붉은 멍이 들었으나
> 상관없을 것이다
>
> 弓弓乙乙
> 弓弓乙乙
>
> 농민군들의 시체가
> 왕의 무덤처럼 쌓여 있다
>
> —「단념丹念」 전문

96

낮달은 희미할 뿐 아니라 소리 소문 없이 움직이게 마련이고, 동백은 가지에 짧게 달렸다 목을 떨구는 꽃이니, "낮달이 동백 혀에 새겨"지는 시간은 길지 않았을 것이다. 그것은 아마도 거의 순간이었을 텐데, 2연 2행의 "상관없을 것이다"라는 문장으로 미루어 시인은 그 찰나의 경이를 '단념斷念'한다. 순간은 너무 빨라 쥘 수 없는 것, 그렇다면 제목 '丹念'은 '斷念'의 동음이의어 차용이다. 그러나 2연과 4연 사이 수수께끼 같기도 하고 꽁지를 달고 밀려오는 무슨 동물 무리 같기도 한 "弓弓乙乙"이 두 번 이어진다. 『정감록』에서 가져온 것이 분명한 그것은 물론 영원히 유예된 새 세상에의 기다림, 가령 동학 혁명 시절 농민군들의 단념 없는 단념丹念으로 독자들을 데려간다. 그럴 때 '단념斷念'된 찰나의 동백꽃은 수백 년 단념되지 않은 '단념丹念'과 만난다. 순간 속으로 영원이 '밀려오는' 형국이다. '순간 속으로 밀려오는 영원', 이것이 시인 한경숙의 화두다.

2

굳이 '영원이 밀려온다'라는 표현을 쓴 것은 보통 기억에 일반적인 불수의성을 염두에 두어서만은 아니다. 가령 시집 맨 마지막에 실린 작품 「친구에게」는 일

견 시인의 시작법과도 같은 시인데(시인들에게는 그런 시가 최소 한 편씩은 있다), '밀려오다'는 거기서 가장 중요한 시어다. 부분만 인용해 본다.

> 너를 찾아
> 파도치는 곳으로 왔다
>
> 파르르
> 내게 밀려와 밀려온다
>
> 우리는 생각한다
> 고로 밀려온다
> ──「친구에게」 부분

주석에도 달려 있다시피 "우리는 생각한다/고로 밀려온다"는 데카르트의 그 유명한 문장('나는 생각한다, 고로 나는 존재한다')에 대한 패러디다. 데카르트는 '회의'(『방법서설』)와 '성찰'(『성찰』)의 순간에 우리에게 '순수의식'의 상태가 찾아오기라도 할 것처럼 말하지만, 사실 우리는 그런 방식으로 생각하지 않는다. 우리는 쌓여 온 '기억 속에서' 생각하고, '밀려오는 기억들과 더불어' 생각한다. 기억은 최소한 우리가 살아 있는 동안만큼은 영원하고 '지속'(베르그송)한다.

생각은 그러므로 명징한 순수 자아에 대한 알리바이라기보다 밀려오는 기억들과의 화해이거나 불화이다. 그럴 때 '파르르'는 「단념﹅﹅」의 '궁궁을을'과 등가다. 파도와 함께 기억이 '파르르' 밀려온다. 마치 동백꽃 하나가 가지에서 떨어짐으로써 스스로를 단념하는 '순간', 무덤처럼 쌓인 기억들이 '영원'으로부터 궁궁을을 궁궁을을 밀려오는 것처럼 말이다.

「단념﹅﹅」이 이와 같은 시작법의 전범을 보여 주거니와 한경숙의 많은 시들은 이처럼 '현재 순간과 밀려오는 영원'의 대비 속에서 탄생한다. 다음은 그 사례들이다.

3

"그녀의 일생이 낡은 책상 위에 우수수/뿌려졌다 신이 입혀 준 얼굴이/파노라마처럼 물결쳤다 다시 한 번 지나가는/그때 계절의 풍경들과/잊힌 미완의 얼굴들 불러와/저기 저 제 온몸 활활 태우는 하얀 밥처럼"(「뿌려지다」). 설늙어 은퇴하는 선배의 증명사진들은, 말하자면 포착되고 인화된 '순간'들이다. 그러나 그것들이 책상 위에 뿌려진 '순간', 기억 속 풍경들과 얼굴들이 파노라마처럼 '밀려온다'. 하얀 밥처럼.

"봄밤, 입 속 가득/백 년 전 꽃가루가 환하다"(「백년을 읽는 동안」). 우리 모두 알다시피 봄밤은 너무 좋아서 항상 '순간'이다. 그러나 시인은 그 봄밤에 백 년 전 꽃가루가 입 속 가득 밀려옴을 느낀다. 순간 속에 침입한 영원이다.

"거기 무덤 옆 산벚꽃 핀다/봄날 무덤 하나 환하다/낡아 가는 것들에도 아름다움이 깃들고/식물은 결국엔 짐승을 이긴다"(「산벚꽃」). 벚꽃은 동백만큼이나 짧은, 말하자면 단념斷念의 꽃이다. 무덤은 그 단념과 유한함의 시적 상관물로 읽힌다. 그러나 무덤이 그렇듯, 결국엔 식물이 짐승을 이긴다. 그리고 물론 식물이 결국 짐승을 이기는 데는 많은 시간이 필요하다. 아마도 영원의 시간이 지나면 지상에 식물만 남는 순간이 오리라.

"얼룩이 지워진 놋쇠 그릇 안/내가 갓 지은 하얀 눈이 내리기 시작했고/엄마가 갓 지은 쌀밥에서 김이 피어오른다"(「놋쇠 그릇 꺼내고 닦는 날」). 밥은 '갓 지은' 것이니 시인은 지금 순간 속에 있다. 그러나 그 밥은 또한 기억 속 엄마가 갓 지은 것이기도 하다. 영원 속에서 밀려온 엄마와 시인의 '순간'은 중첩된다……. 등등.

4

영원과 순간의 중첩, 그런데 생각해 보자. 매 '순간'을 '영원'과 대면해야 하는 '사람'은 불행할까, 행복할까? 사람은 자신의 유한성을 자각하는 유일한 생명체일 텐데, 영원한 것에 대한 느낌은 자꾸 자신의 유한성(그것은 물론 죽음이다)을, 삶의 부질없음을, 모든 나날이 한갓 순간에 불과함을 강변한다. 그럴 때 시인은 기필코 현기증과 허무를 앓는다. 다음은 「친구에게」에서 "우리는 생각한다/고로 밀려온다" 몇 행 뒤에 이어지는 문장이다.

> 너와 나
> 흙 속에 몰래 묻어 놓은 글자도
> 사라지고
> 사라질 것이다
>
> ―「친구에게」 부분

'파르르', 영원으로부터 당도한 것만 같은 생각이 파도처럼 밀려온다. 그러자 인간의 유한한 삶이 다 부질없어 보인다. "사라지고/사라질 것이다"의 반복 어법은 그 부질없음에 대한 강조다. 다른 구절도 눈에 띈다. 결국, 살아 있는 동안 "무엇이 남아 있는가/묻고 또 물어야 하는 일만 반복하고 있는데"(「호랑가시나무 언덕 위에 서 있을 때」).

영원에 비하면 아무것도 아닌 유한자의 삶, 이런 감각 속에서(이른바) '건강한' 삶은 불가능해진다. 삶의 좌표가 다른 시간, 다른 곳에 있기 때문이다. 아마도 시인이 종종 사용하곤 하는 '현기증'이란 단어는 그처럼 생각의 좌표를 영원 쪽에 둔 자가 느끼는 혼란과 허망함의 다른 이름일 것이다. 가령 시인은 이렇게 쓴다.

> 작고 사소한 물건들이 사라지기 시작했다
> 이 공간에 다른 시간이 숨어 있는 것이다
> ─「정전기」 부분

시간의 중첩 속에서 '착란'이 발생한다. 이런 착란은 더 이어지는데 "내 가문은 현기증을 물려받았다"(「벌레」)거나 "나의 안부는 다른 행성에 있다"(「나는 다른 행성에 있다」) 같은 구절의 이질적인 시간 감각과 장소 감각은 현재 순간과 영원의 시간 사이에 벌어진 격차로부터 발생하는 착란 외에 다름 아니다.

5

그러나 결국 살아가는 일은 그 착란을 잠재우는 일 아닐까? 혹은 현재의 순간과 밀려오는 영원 사이의 격차를 견디는 일 아닐까? 그래서 시인은 우선 '부인否認'한다. 그 전형적인 사례가 「거짓말」이다.

감정도 눈물도 없는 사람에게서 가슴이 뛰면 어쩌나 두려웠어 사라지면 어쩌나 바람 불면 어쩌나 생각한 사이 파도가 밀려와 모래성도, 모래사람도 가져가 버렸어 해가 지고 날이 밝아 오는 날까지 명치끝이 아팠다 꺼이 꺼이 울었어 난 모래사람을 본 적이 없어

—「거짓말」부분

"난 모래사람을 본 적이 없어"로 끝나는 위 작품의 부제가 아이러니하게도 "모래사람을 본 적이 있다"라는 점에 대해서는 강조가 필요하다. 그러니까 시인은 모래사람, 바람만 불어도 사라져 버리는 존재의 유한성과 대면해 본 적이 있다. 며칠을 두고 명치끝에 온 통증은 바로 그 만남의 유한성에서 기인한다. 그러나 그 절대적 유한성에 대한 감각은 삶에 도움이 되지 않을 뿐 아니라 앞서 살펴본 대로 착란이나 현기증을 유발한다. 그럴 때 시적 화자가 택한 것이 방어기제로서

의 '부인'이다. 화자는 선언한다. "난 모래사람을 본 적이 없어". 그러나 이 선언은 반어일 뿐 아니라 수행적 발화이기도 하다. 왜냐하면 발화의 참의미는 "모래사람을 본 적이 없어야만 내가 살겠어"이기 때문이다.

6

시인이 현재의 순간과 밀려오는 영원 사이의 격차를 이겨내는 두 번째 방식은 다시 '단념'이다. 정확하게는 '丹念의 斷念'이다. 이와 관련해서는 「그림자」와 「구름」이라는 작품이 흥미롭다. 「구름」의 화자는 이렇게 말한다. "살아가는 동안 혼자 묵묵히 견뎌내는 시간들이/일상이고 독립하는 길이니/나는 그냥 흘러가고 걸어가고 있는 것뿐이야"(「구름」). 한편 「그림자」의 화자는 이렇게 말한다. "서로의 안부를 묻고/오늘도 그냥, 함께 걸었다"(「그림자」).

「구름」의 경우 "흘러가고"라는 시어에 주목할 필요가 있어 보인다. 이 단어는 알다시피 "밀려오다"의 정확한 반의어다. 유한의 감각이, 영원의 부담이 '밀려온다'. 그럴 때 화자는 이제 구름처럼 그냥 '흘러가기'를 원한다. 흘러가기는 밀려오는 영원의 부담감을 덜어내려는 화자의 몸부림에 가깝다.

「그림자」의 경우 "묻고"란 시어가 흥미롭다. 이 단어에도 역시나 두 가지 의미가 있다. '의문을 가지다, 질문하다', 그리고 '(땅이나 낮은 곳에) 내려놓고 무언가로 덮다'. 앞서 살펴본 대로 동음이의어 차용에 능한 시인이니 저 '묻다'를 후자의 의미로 읽어 보자. 안부는 물어보는 것이 아니다. 안부는 그저 묻어 버리는 것이다. 그러니까 '그냥 흘러가기'와 '묻어 버리기', 이렇게 시인은 丹念을 斷念함으로써, 유한성의 불안이 주는 현기증과 착란을 피해 간다.

7

그러나 필연적 유한성 앞에서 행해지는 부인과 회피는 우리 모두 일생을 두고 하는 일이 아닌가? 게다가 한경숙은 시인, 그리고 시인은 말[言]을 다루는 자. 그렇다면 한경숙은 어떻게 말로써 저 순간과 영원의 격차가 주는 아슬아슬한 현기증을 다스리려는(혹은 대면하려는) 것일까? 여기 그 각오가 있다.

> 모든 손가락이 말발굽이 될 때까지
> 나는 쓸 것이다
>
> —「말이 말굽이 될 때까지」 부분

'말'은 역시 동음의이어다. 말[馬]과 말[言]. 그렇다면 이 시의 제목은 다시 '말[言]에 발굽이 생길 때까지'로 번역 가능하다. 아니나 다를까 시인은 손가락으로 말을 다룬다. 말은 발로 달리지만 글은 손으로 쓰는 것이니까. "모든 손가락이 말발굽이 될 때까지"라는 시행의 의미는 그렇게 이해된다. 시인은 삶에서는 부인하고 회피할 수 있다. 그러나 시를 쓸 때 그는 그토록 두려운 영원, 인간의 필연적 유한성과 대면해야 한다. 그것도 말[言]로써, 손가락이 말발굽이 될 때까지.

그런데 말은 얼마나 달리면 굽을 얻는 것일까? 시인의 손가락에 굽이 생기려면 얼마나 써야 하는 것일까? 물론 우리는 안다, '굽'이란 그냥 굳은살의 의미가 아니라, 상처받고 피 흘린 살이 응고한 결정체에 대한 은유라는 것을. 시인의 말굽이란 그렇게 말을 다루다 받게 될 상처와 흘릴 피에 대한 각오와 결기에 다름 아니라는 것을.

모르겠다. 순간과 영원의 격차에서 오는 현기증을 앓고 있는 시인 한경숙이 말로써 그것을 어떻게 돌파하려는지……. 그러나 나로서는 첫 시집을 내는 시인의 결기가 이만하면 됐다고 생각하는 편이다.

나는 다른 행성에 있다

2023년 1월 16일 1판 1쇄 펴냄

지은이   한경숙
펴낸이   김성규
편집   김안녕 김도현 김채현
디자인   신아영
펴낸곳   걷는사람
주소   서울 마포구 월드컵로16길 51 서교자이빌 304호
전화   02 323 2602
팩스   02 323 2603
등록   2016년 11월 18일 제25100-2016-000083호

ISBN 979-11-92333-59-5 04810
ISBN 979-11-89128-01-2 (세트)